Disney

Aladdin

Jafar et Gazeem se rejoignirent dans le désert d'Arabie.

« Je t'apporte la moitié manquante du scarabée », dit Gazeem.

Jafar sortit l'autre moitié du médaillon de sa robe et les joignit ensemble. Soudain, le scarabée s'illumina et un grondement de tonnerre brisa le silence du désert.

Le scarabée jaillit des mains de Jafar et fila derrière les dunes, vers la Grotte aux Merveilles. Les cavaliers suivirent l'insecte.

Jafar promit de donner le trésor de la grotte à Gazeem s'il lui rapportait la lampe magique. Gazeem se précipita avidement dans la sombre bouche du tigre et aussitôt, la grande bouche se referma sur le voleur.

Le lendemain matin, un jeune homme nommé Aladdin avait dérobé une miche de pain et s'était enfui par les toits. De là, avec son singe Abu, il regardait les gardes du sultan le chercher partout parmi les étalages.

Finalement, les gardes abandonnèrent. Aladdin et Abu s'apprêtaient à déguster leur premier repas depuis des jours : du pain rassis… Mais Aladdin voyant deux enfants affamés leur tendit le pain en disant : « Tu vois, Abu, il existe des gens plus malheureux que nous ! Et un jour, crois-moi, nous connaîtrons un meilleur sort ! »

Pendant ce temps, au palais du sultan :

« Jasmine, c'est la loi ! Tu dois épouser un prince avant ton prochain anniversaire. Et ton anniversaire est dans trois jours…

– Mais père, je n'aime pas le Prince Ahmed, hoqueta la Princesse Jasmine. Comment pouvez-vous me forcer à l'épouser ? »

Le sultan était désespéré.

« Jafar, dit-il à son Grand Vizir, il faut à tout prix trouver un mari pour Jasmine. Elle a refusé tous les prétendants !

– Je pense que je peux vous aider, Monseigneur, répondit mielleusement Jafar. Mais il me faut le Diamant Bleu que vous portez à votre doigt. »

Le sultan refusa, mais Jafar l'hypnotisa et lui retira le bijou.

Jasmine s'était décidée. Elle avait franchi le mur du palais pour la première fois et se rendit à la place du marché d'Agrabah.

Voyant un enfant affamé, elle prit une pomme sur un étalage et lui donna. Le marchand lui ordonna de payer la pomme, mais la princesse n'avait pas d'argent sur elle.

Du haut de son perchoir, Aladdin avait vu la scène. Il dégringola du toit et s'interposa entre le marchand furieux et la jeune fille. Il fit croire au marchand que Jasmine était sa sœur et qu'elle était un peu folle.

Le marchand les laissa s'éloigner en grommelant : « Ce gredin d'Aladdin, ça doit être encore un de ses tours… »

Prenant Jasmine par la main, Aladdin l'entraîna à travers la place du marché, puis la fit grimper jusqu'en haut de son toit favori.

Pendant ce temps, Jafar consulta son sablier du temps et lui demanda qui pouvait entrer dans la Grotte aux Merveilles. Le sable du temps ondula, puis créa un tourbillon au milieu duquel apparut Aladdin. Jafar ordonna à ses gardes de le ramener au palais.

Les gardes capturèrent Aladdin sous les yeux de Jasmine. La jeune fille enleva son voile et ordonna qu'on le libère.

« Pardonnez-moi, Princesse, je ne peux laisser ce jeune homme partir, s'excusa le capitaine des gardes. Mes ordres viennent de Jafar. »

Et la troupe s'éloigna, laissant Jasmine bien décidée à faire relâcher son sauveur.

Enfermé dans une cellule du donjon, Aladdin pensait sans arrêt à Jasmine. Jafar, qui s'était déguisé en vieux prisonnier, lui dit qu'il connaissait une grotte remplie d'un trésor fabuleux.

« Il est à toi, à condition que tu m'aides à trouver une petite lampe sans valeur. Et je sais comment sortir d'ici… »

Pressé de quitter sa geôle, Aladdin accepta l'offre du vieil homme.

Une étrange lueur éclairait la grotte. Aladdin et Abu descendirent un escalier qui paraissait ne pas avoir de fin. Tout à coup, ils se trouvèrent dans une vaste salle remplie d'un monceau d'or, de pierreries et d'objets précieux.

Soudain, Aladdin remarqua un tapis richement brodé qui semblait les guetter de derrière un tas de pièces d'or.

Aladdin se mit à rire : « Oh ! Regarde-moi ça, Abu ! Un tapis magique ! Avec un peu de chance, il sait où se trouve la lampe. Interrogeons-le ! »

Le tapis l'emmena dans une seconde pièce. En haut d'un immense autel se trouvait la lampe.

Aladdin gravit les marches de l'autel. Soudain, Abu posa la main sur un rubis gigantesque…

La voix de la grotte s'éleva aussitôt : « Abu a osé toucher le trésor interdit. Plus jamais vous ne reverrez la lumière du soleil ! »

Et l'autel se mit à trembler sous les pieds d'Aladdin. Il saisit la lampe et sauta sur le tapis magique. Tout autour d'eux, la grotte s'écroulait. Le tapis magique fonça vers la sortie où Jafar attendait.

Jafar ordonna à Aladdin de lui donner la lampe. Mais Abu bondit de l'épaule d'Aladdin et mordit Jafar. Déséquilibrés, Abu et Aladdin retombèrent dans la grotte.

Le tremblement de terre avait cessé. Croyant être pris au piège, Aladdin fut surpris lorsqu'il aperçut la lampe dans la patte d'Abu. Il se mit à frotter l'objet pour mieux l'examiner.

La lampe se mit à briller. Une fumée jaillit du goulot et se transforma en silhouette. Aladdin sut qu'il s'agissait du génie de la lampe.

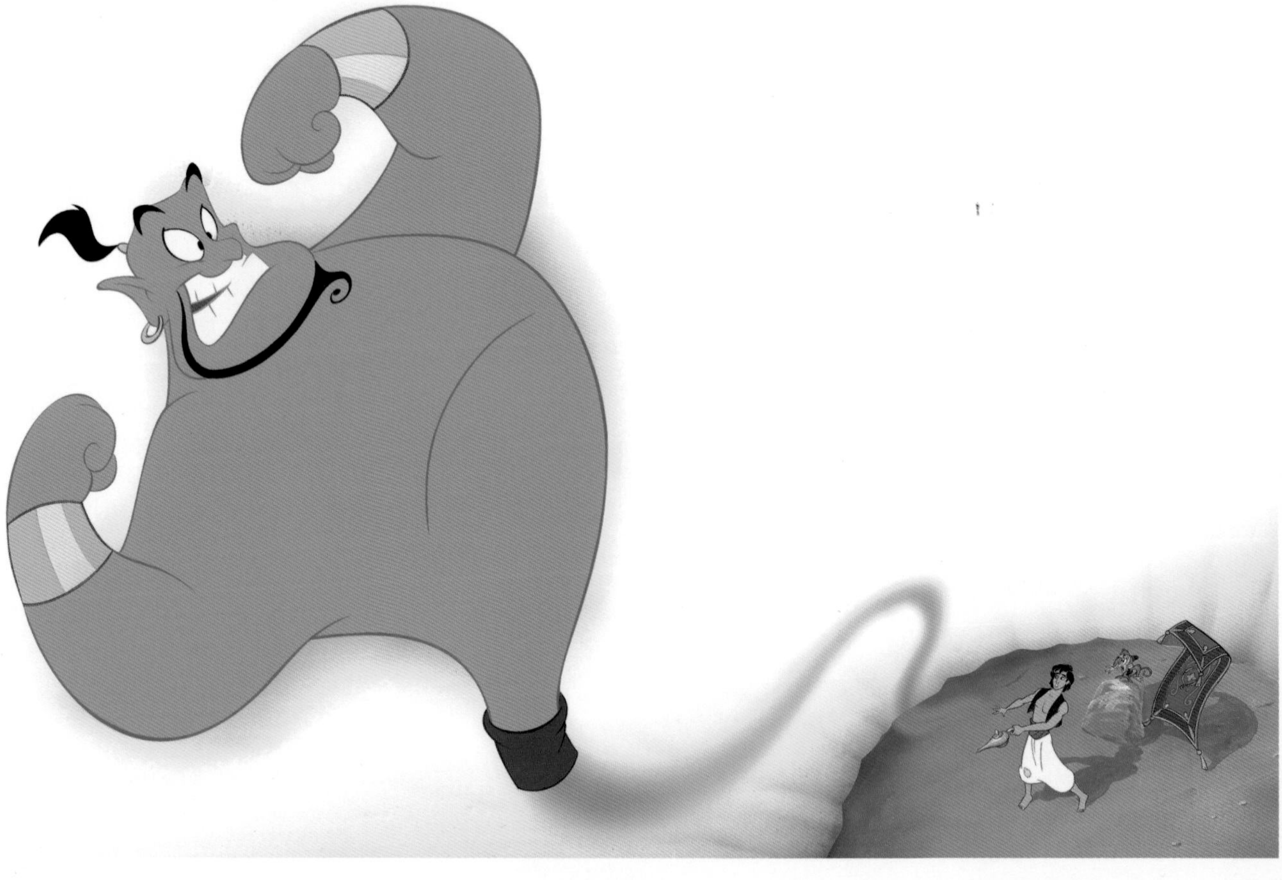

En un clin d'œil, le tapis magique les transporta tous hors de la grotte.

« Puisque que tu es un vrai génie, j'ai droit à trois vœux ! dit Aladdin au génie.

– Bien sûr ! Mais pas un de plus. »

Alors Aladdin pensa à la Princesse Jasmine. Tout ému, il fit son premier vœu : « Je souhaite… je souhaite être un prince ! »

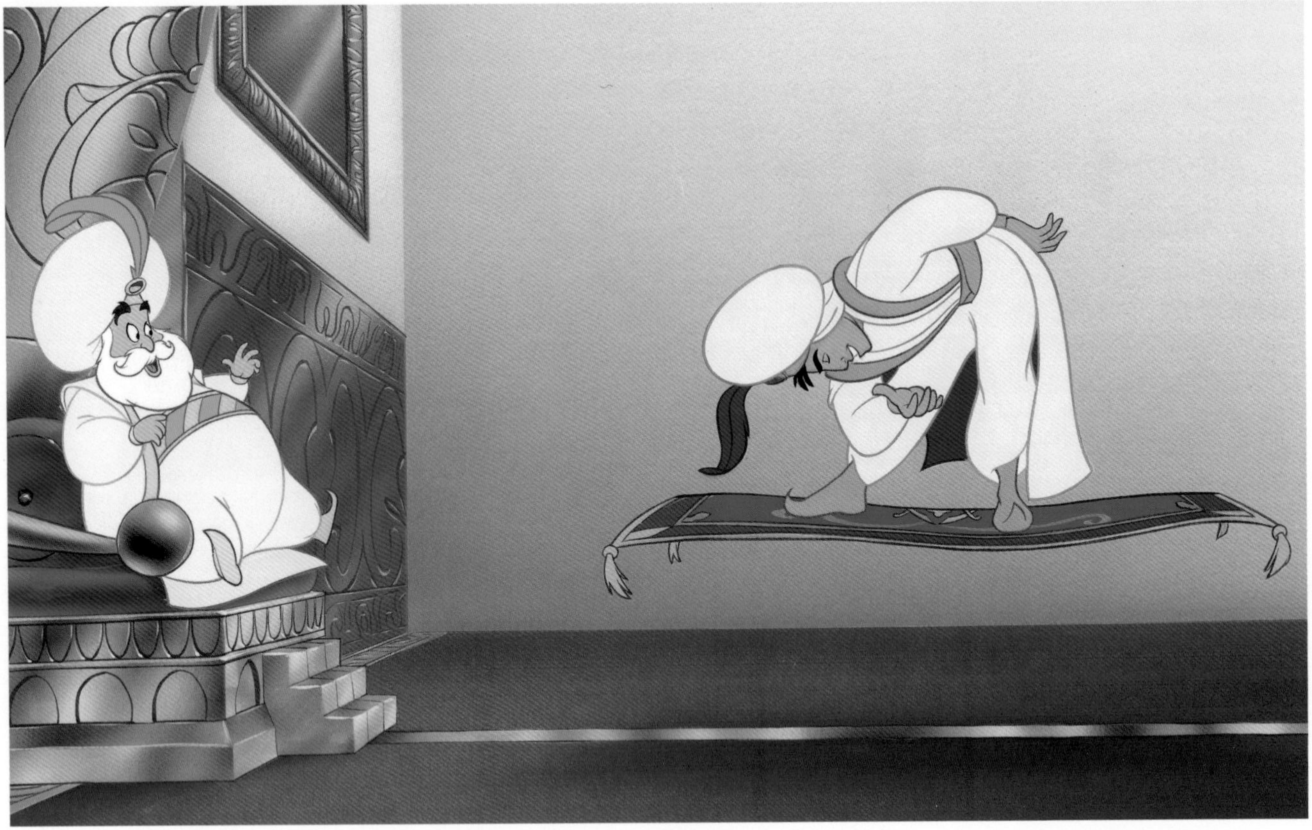

Aladdin se rendit au palais. Lorsque les portes s'ouvrirent, le garde annonça le prince Ali de Ababwa. Volant sur le tapis magique, Aladdin fit son entrée dans le palais. Du haut de son turban jusqu'à l'extrémité de ses pieds, il était couvert de soie et de bijoux, comme un prince de sang royal.

« Je viens demander la main de la Princesse Jasmine », annonça-t-au sultan stupéfait.

Cette nuit-là, le prince Ali emmena Jasmine faire une promenade au clair de lune sur le tapis magique. La princesse découvrit avec stupeur qu'il était le jeune homme rencontré au marché.

De loin, Jafar les observait.

« Il faut que je me débarrasse de ce gêneur avant qu'il ne contrecarre mes plans », songeait-il.

Lorsqu'ils arrivèrent au palais, les gardes de Jafar attrapèrent Aladdin et le ligotèrent. Ils le transportèrent au sommet d'une haute falaise et le jetèrent dans la mer.

Aladdin coula comme une pierre. Il réussit à se libérer de ses liens et attrapa la lampe qui était cachée dans sa tunique. Il la frotta et le génie apparut. Pour son deuxième vœu, Aladdin demanda au génie de le sauver de la noyade.

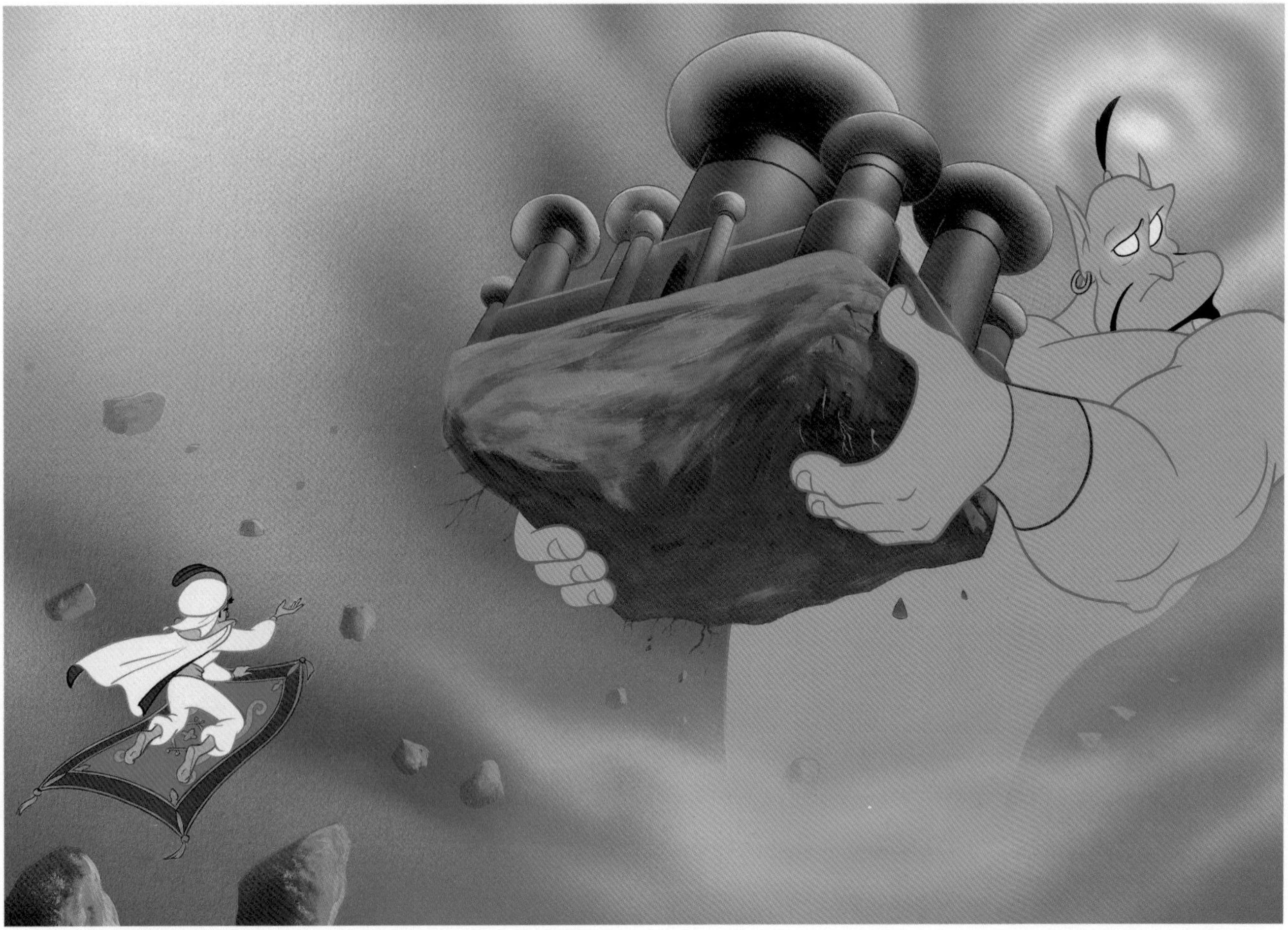

Au palais, Jasmine faisait part de sa décision au sultan : « Père, je veux épouser le Prince Ali ! »

« Bravo ! » dit le sultan tout réjoui.

Jafar s'approcha : « Je crains que cela ne soit pas possible, Princesse. Le Prince Ali est… parti ! »

Jafar éleva son bâton cobra devant les yeux du sultan et l'hypnotisa.

« Tu vas épouser Jafar… » dit le sultan d'une voix monocorde.

Jasmine ne comprenait pas ce qui arrivait à son père. Soudain, Aladdin entra dans le palais. Il arracha le bâton cobra des mains de Jafar et le brisa sur le sol. Le regard du sultan redevint normal.

Le lendemain matin, Jafar se rendit dans la chambre d'Aladdin pour lui voler la lampe. Il la frotta et fit ses trois vœux : être un sultan, devenir un grand sorcier et être un génie.

Aladdin s'empara de la lampe et la frotta. Pour son troisième vœu, il demanda que le mauvais génie soit prisonnier à jamais de la lampe. Jafar disparut dans la lampe pour toujours…

La première chose que fit le sultan lorsqu'il redevint sultan fut de changer la loi. La Princesse Jasmine pourrait épouser la personne qu'elle souhaitait.

Et comme elle voulait se marier avec Aladdin, c'est exactement ce qu'elle fit…